ESTE CUADERNO PERTENECE A:

Pedro

LOS PREGUNTONES

PEDRO PERFECTO

Y LA MANSIÓN MISTERIOSA

Andrea *Gata Fantasma* Beaty

ilustraciones de David Roberts

ALFAGUARA
INFANTIL Y JUVENIL

Para Anna y Alexandra.
—A. B.
Para Joel.
—D. R.

Penguin
Random House
Grupo Editorial

Título original: *Iggy Peck and the Mysterious Mansion*
Primera edición: enero de 2021
Publicado originalmente en inglés en 2020 por Amulet Books, un sello de Harry N. Abrams, Incorporated, New York. Todos los derechos reservados, en todos los países, por Harry N. Abrams, Inc.

© 2020, Andrea Beaty, por el texto
© 2020, David Roberts, por las ilustraciones
© 2022, Penguin Random House Grupo Editorial USA, LLC.
8950 SW 74th Court, Suite 2010
Miami, FL 33156

Traducción: Darío Zárate Figueroa
Diseño: Marcie Lawrence
Adaptación del diseño original de cubierta de David Roberts y Marcie Lawrence: Penguin Random House Grupo Editorial

Impreso en Estados Unidos - *Printed in USA*

ISBN: 978-1-64473-250-2

22 23 24 25   10 9 8 7 6 5 4 3

CAPÍTULO 1

Pedro Perfecto se sentó en un tronco y examinó el gigantesco roble que se alzaba sobre él. Un viento frío sacudió las hojas doradas y las hizo caer al suelo una a una. Ladrillo, el gato de Pedro, corrió tras ellas con un sonoro MIAU.

Pedro no se dio cuenta. Estaba ocupado diseñado una casa del árbol. Pedro Perfecto era arquitecto y diseñaba casas dondequiera que iba, incluso en el bosque.

—Este roble es perfecto para una mansión victoriana —dijo Pedro—. ¡Oh! ¡Ese olmo necesita una cabaña y a aquel arce le vendría bien un bungaló! ¡O un castillo!

Pedro le quitó el sujetapapeles a su hoja para voltearla. Antes de que pudiera po-nérselo de nuevo, *¡SSSSSS!*, el viento se la arrancó de la mano y se la llevó volando por el bosque.

—¡Ay! —exclamó Pedro.

—¡Miau! —exclamó Ladrillo.

Pedro y Ladrillo corrieron tras el papel, que se adentraba cada vez más en el bosque oscuro.

¡PLAF!

El zapato de Pedro se atoró en una raíz y lo hizo tropezar. La tablilla salió volando de su mano mientras Pedro rodaba colina abajo... y abajo... y abajo.

—¡Aaaaaaaaaaaaaah! —gritó.

Cayó de golpe sobre algo muy duro que estaba bajo las hojas. Se incorporó y se frotó el hombro.

—¡Ay! —dijo.

Ladrillo bufó.

—¿Qué suce...? —empezó a decir Pedro.

De pronto, una fuerte ráfaga de viento barrió las hojas y reveló lo que había golpeado a Pedro.

—Guau —dijo, mientras miraba un par de fríos ojos de piedra.

Tres gatos de mármol blanco

FANTASÍA   FELICIDAD   ASOMBRO

(se parecen un poco a ladrillo)

CAPÍTULO 2

Los ojos contemplaron a Pedro desde la cara de un gato de mármol blanco que tenía la palabra FELICIDAD grabada en la base. Estaba junto a dos gatos más; uno tenía la inscripción FANTASÍA y el otro, ASOMBRO. Pedro tocó la fría superficie de piedra del tercer gato.

—¡Se parecen a ti, Ladrillo! —dijo.

Ladrillo bufó y arqueó el lomo.

Pedro rio.

—¡No tengas miedo! —dijo—. No pueden hacerte...

Se detuvo en seco. Un destello blanco llamó su atención. Detrás de los gatos, una losa de mármol cubierta de enredaderas sobresalía del suelo. Pedro se acercó. Extendió el brazo y buscó entre las enredaderas; sus dedos tocaron el mármol frío. Le temblaba la mano mientras retiraba las enredaderas y revelaba una desgastada lápida de mármol con una leyenda: C. Sherbert y H. Sherbert, 1918.

Pedro ahogó un grito.

—Es una tumba —dijo.

A la izquierda, había otra lápida. Parecía más reciente; sus letras no estaban erosionadas por el tiempo y la lluvia. Solo decía Pierre Glace. Cerca de ahí, los restos de una pequeña cabaña se alzaban como ruinas antiguas. Por largo tiempo abandonadas. Por largo tiempo olvidadas.

Ladrillo volvió a bufar y su pelaje se erizó. Pedro asintió.

—Da miedo —dijo y recogió a Ladrillo—. Vamos a casa.

Pedro miró a su alrededor. Ya estaba muy oscuro. El viento era más frío y soplaba con más fuerza. Se acercaba una tormenta.

Había perdido la noción del tiempo. Siempre le pasaba eso cuando pensaba en la arquitectura: o sea, todo el tiempo. Pero no podía evitarlo. Reflexionar acerca de la arquitectura siempre lo hacía sentir que estaba haciendo exactamente lo que debía. Incluso cuando se suponía que debía estar ocupándose de otra cosa. A veces se metía en problemas por eso. Estaba muy seguro de que esta sería una de esas ocasiones. Se suponía que no debía ir más allá del lindero del bosque y hacía mucho que debía haber vuelto a casa.

—Vamos, Ladrillo —dijo—. Será mejor que...

De pronto, un relámpago iluminó el bosque. *¡BUM!*, un trueno retumbó en el aire.

Ladrillo forcejeó, escapó de los brazos de Pedro y salió corriendo hacia los árboles.

—¡Ladrillo! —gritó Pedro, y corrió tras él.

¡PUM! ¡CRAC!

—¡MIAU!

Ladrillo zigzagueaba entre los árboles, cambiando de dirección con cada relámpago y cada trueno.

—¡MIAU!

—¡Vuelve! —gritó Pedro.

Pedro persiguió a Ladrillo y se internó más y más en el bosque. Por fin, el gato se metió en un tronco hueco y se acurrucó, temblando a causa de la tormenta. El niño lo alcanzó y se arrodilló junto al tronco.

—Está bien, Ladrillo —dijo—. No pasa nada.

Pedro metió la mano en el tronco y sacó al gato tembloroso. Lo abrazó y miró a su alrededor.

—¿Dónde estamos?

Nada le resultaba conocido.

—¿A dónde vamos? —se preguntó.

¡CHAAAS!

Pedro levantó la mirada. Una gran rama seca se meció en el viento y, *¡CRAC!*, Pedro se apartó de un salto justo cuando la rama caía sobre el tronco hueco, haciéndolo pedazos.

—Eso estuvo cerca —dijo Pedro—. ¡Vámonos de aquí!

Corrió.

¡PLOC! ¡PLOC! ¡PLOC!

Grandes gotas de lluvia le salpicaron la cara. Momentos después, llovía a torrentes. Pedro avanzó con dificultad por el bosque, que se iba haciendo cada vez más oscuro, hasta que, al fin, vio un hueco entre los árboles.

—¡Es un camino! —dijo.

Corrió por aquel camino irregular que se abría hacia un amplio patio con el césped cubierto de maleza. El resplandor de un relámpago reveló el contorno de una enorme casa a oscuras y, de pronto, Pedro Perfecto supo exactamente dónde estaba.

—Ay, no —susurró y abrazó un poco más fuerte a Ladrillo.

Pedro contempló el sombrío y amenazante edificio que se alzaba ante él. Respiró profundo y avanzó hacia el césped.

—Los arquitectos son valientes... —susurró—. Los arquitectos son valientes...

En ese momento, no se sentía valiente. Ladrillo gruñó.

—Los arquitectos y sus gatos son valientes —susurró Pedro.

Otro relámpago partió el cielo en dos. Pedro respiró profundo y corrió hacia la Mansión Misteriosa.

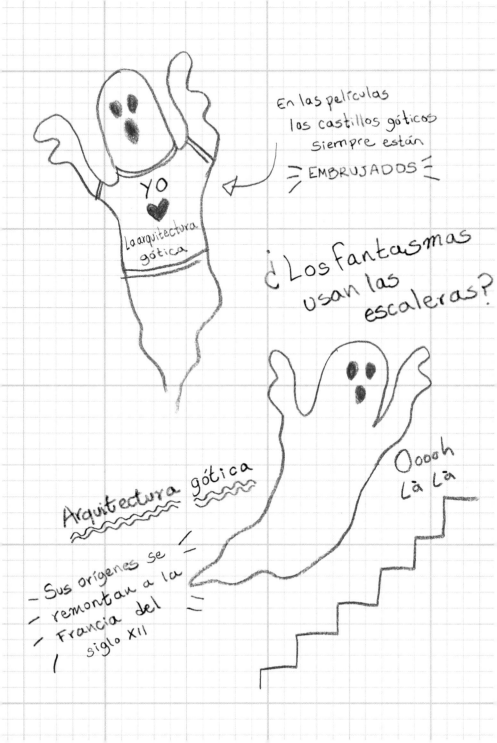

CAPÍTULO 3

Ladrillo saltó de los brazos de Pedro al porche desgastado por la intemperie y se sacudió el pelaje, salpicando al niño. Mientras los árboles oscuros se sacudían con furia en la tormenta, Pedro, nervioso, miró la escalofriante casa.

Se trataba de la Casa Sherbert, pero en Río Azul todos la llamaban la Mansión Misteriosa. Estaba vacía desde que se tenía memoria, pero todos conocían las extrañas historias sobre el magnate heladero Herbert Sherbert y su esposa, Candace. Eran muy importantes en la historia de

Río Azul. Habían construido la biblioteca del pueblo, la escuela original y la estación de trenes.

Según las historias, ella había muerto joven y él se había marchado, y nunca más lo habían vuelto a ver. Había quien decía que sus fantasmas recorrían la casa y tocaban una música espeluznante que llenaba el aire. Había historias más escalofriantes aún sobre una mujer cuyos lamentos se oían por la noche si te atrevías a acercarte a la casa lo suficiente. Se decía que los fantasmas buscaban algo... ¡o a alguien!

Contaban que a veces, en las noches oscuras y tormentosas, se podía escuchar una voz que llamaba.

—Peeeeeedro... Peeeeeeeeedroooooo...

CAPÍTULO 4

Pedro se quedó paralizado. ¡Una voz ronca y chirriante lo llamaba por su nombre!

Su corazón latía con fuerza. Quería correr, pero sus pies eran como plomo. Escuchó el ruido de una pisada a sus espaldas.

—¡Peeeeedro!

Otra pisada.

—¡Peeeeeeedro!

Estaba detrás de él. Contuvo el aliento y cerró los ojos.

—Peeeeed...

De pronto, una mano se posó en su hombro.

—¡AAAH! —gritó Pedro y dio un salto.

Se dio la vuelta para encontrarse cara a cara con...

—¿Señora Magnífica? —exclamó.

—Peeeeedrooo... Cof... Cof... —dijo la mujer, sofocando una tos con el codo—. Ejem...

Se enderezó, volvió a carraspear y rio. Eran Bernice Magnífica y su sobrina nieta, Ada. Bernice era dueña de la tienda A Excavar, que estaba llena de tesoros de los alrededores de Río Azul. Era la historiadora, geóloga, antropóloga y paleontóloga del pueblo, todo en uno. Su tienda tenía de todo, desde botones viejos hasta huesos de dinosaurio. Si se podía desenterrar, estaba ahí. Era uno de los lugares favoritos de Pedro para ir con sus amigas.

La tía Bernice carraspeó de nuevo.

—¡Uf! Ay, cielos. Ejem —dijo—. Perdón, Pedro, tenía un sapo en la garganta.

—¿Puedo ver? —preguntó Ada—. ¿Qué tipo de sapo es? ¿Cómo sabes que no es una rana? Mucha gente los confunde, pero son fáciles de distinguir. Los sapos están cubiertos de verrugas. ¿Tiene verrugas?

—Solo es un dicho que se usa cuando tienes alguna molestia en la garganta, Ada —dijo la tía Bernice con una sonrisa—. No es un sapo de verdad.

—Oh —dijo Ada decepcionada—. Qué mal. ¿Por qué la gente no dice que tiene una tortuga en la garganta: como un suéter de cuello de tortuga? ¿Por qué la gente usa cuellos de tortuga? ¡Tú usas cuellos de tortuga, Pedro! ¿Por qué lo haces? ¿Tienes verrugas?

Pedro se relajó. Estaba feliz de ver a su amiga Ada con su tía abuela Bernice.

CAPÍTULO 5

Estar en el porche de una casa embrujada, en una noche oscura y tormentosa, daba mucho menos miedo con amigas. Incluso si se trataba de un valiente arquitecto y su gato.

—¡Me alegro de verlas! —dijo Pedro.

—¿Por qué estás afuera con este tiempo? —preguntó la tía Bernice.

Pedro les habló de sus diseños de casas del árbol y de las tumbas que había encontrado en el bosque junto a la cabaña destartalada.

—¿Pero por qué están *ustedes* aquí? —preguntó.

La tía Bernice señaló la mansión.

—¡Esta es mi nueva y reluciente casa! —dijo—. ¡Hoy recibí una carta con esa sorprendente noticia! ¡Y esta llave!

Le mostró una llave muy vieja con un listón desgastado.

Aunque estaba oscuro, Pedro podía ver que la casa no tenía nada de nueva ni de reluciente. De hecho, era muy, muy vieja. El porche estaba muy deteriorado y, durante muchos años, nadie se había ocupado de pintarlo.

—¿Usted es dueña de la Mansión Misteriosa? —dijo Pedro—. ¡Dicen que está embrujada!

—La gente dice muchas cosas —respondió la tía Bernice.

—¡Deberíamos hacer un experimento para averiguarlo! —dijo Ada. Le encantaban los experimentos.

—Si lo está, podría diseñar una casa nueva para el fantasma —dijo Pedro—. ¿Los fantasmas usan las escaleras? ¿O las puertas? ¿Los armarios? ¿Les gusta la arquitectura moderna? Seguro que les gusta la arquitectura gótica. En las películas, los castillos góticos siempre están embrujados. Pero eso es solo en las películas.

La tía Bernice rio. Adoraba a Ada y sus amigos. Siempre tenían muchas preguntas. Por eso les había puesto un apodo grupal: los Preguntones.

La tía Bernice se quedó pensando un momento.

—Bueno —dijo—. Nunca pensé que volvería a estar en este lugar.

—¿Has estado aquí? —preguntó Ada.

—Por supuesto —dijo la tía Bernice—. La última vez fue durante la guerra, cuando era muy joven. Agnes Lu vino conmigo a recolectar chatarra para la contienda bélica. El país necesitaba metal y caucho para fabricar *jeeps* y aviones. El viejo francés que cuidaba el lugar nos recibió en este mismo patio con una carreta llena de cosas.

—¿Pierre Glace? —preguntó Pedro.

—¡Sí! —dijo la tía Bernice—. Era el cuidador aquí, pero todavía tenía familia en Francia, que fue invadida durante la Segunda Guerra Mundial, ya sabes. Eran tiempos difíciles. Nos donó algunas lámparas y vasijas de bronce —dijo—, y una hermosa veleta de cobre con forma de cono de helado. Era del color del helado más famoso de Herbert Sherbert: ¡verde espinoso!

—¡Puaj! —dijo Pedro—. ¿Helado con espinas?

La tía Bernice rio.

—De uva espinosa —dijo—. Lo hizo famoso en todo el mundo. Y era muy bueno. Lástima que ya nadie lo hace. Pero bueno, basta de charla. ¡Entremos!

Le dio la llave a Ada, que trató de meterla en la cerradura.

—Es demasiado grande —dijo Ada.

Otro relámpago iluminó el cielo. El trueno retumbó por el bosque.

—Humm —dijo la tía Bernice—. ¡Vamos a regresar cuando haya más luz y menos relámpagos! Ada, puedes quedarte con esa llave como collar. Pedro, los llevaremos a casa a Ladrillo y a ti. Tus padres deben estar preguntándose dónde estás.

—¿Puedes volver mañana, Pedro? —preguntó Ada.

Pedro asintió. ¿Cómo podría dejar pasar la oportunidad de ver el interior de la Mansión Misteriosa? Quizá tuviera fantasmas. Y lo mejor: ¡tenía arquitectura!

La lluvia amainó un momento y todos corrieron hacia el auto de la tía Bernice. Ladrillo se acomodó en el asiento trasero, entre Ada y Pedro.

—Me pregunto qué encontraremos mañana —dijo la tía Bernice. ¡Tal vez un cuarto de helado verde espinoso! Eso estaría de maravilla.

La grava crujía bajo las llantas mientras recorrían el sendero bordeado de árboles. Pedro miraba por la ventanilla.

Entonces, justo cuando la mansión desaparecía tras ellos, algo llamó su atención. En el borde del amplio porche de madera, había una pequeña figura, inmóvil como una piedra.

Era un gato blanco.

El auto pasó junto a un árbol y la vista quedó obstruida por un instante. Cuando la mansión volvió a ser visible, el gato ya no estaba.

Pedro tocó el asiento del auto. Ladrillo se frotó contra su mano y ronroneó mientras el sendero describía otra curva, y la mansión, por fin, se perdió en la oscuridad.

A la señora Bernice Magnífica:

Somos los abogados de la herencia del señor Herbert Sherbert, el mundialmente famoso creador del helado verde espinoso.

Herbert Sherbert era una figura pública, pero también, un hombre muy privado. Creía que el espíritu de su esposa permanecía en la casa y no deseaba que nadie la molestara. Como el señor Sherbert no tenía herederos, su herencia quedó en manos del cuidador, *monsieur* Pierre Glace. *Monsieur* Glace murió hace veintisiete años. En ese momento, la mansión y la fortuna Herbert quedaron bajo nuestro cuidado con dos instrucciones:

1. Usar el dinero para pagar los impuestos y cuidar la mansión.

2. Cuando el dinero se agotara, entregar la mansión a la persona de Río Azul que hubiera hecho más por compartir la historia de la ciudad con el público.

Si alguien tenía que vivir en la casa, el señor Sherbert deseaba que fuera una persona que amara Río Azul tanto como él y la señora Sherbert. Consideramos que usted es esa persona.

La tienda A Excavar celebra la historia de Río Azul. Está llena de objetos históricos descubiertos a lo largo de los siglos. Es particularmente interesante la exhibición de hallazgos arqueológicos de antiguos cobertizos. ¿Quién hubiera dicho que se podía aprender tanto sobre las personas por lo que tiraban en ellos? Nosotros no lo sabíamos y no nos importaba.

En cualquier caso, aquí tiene la escritura y la llave de la propiedad de Sendero Pedregoso, número 1, en Río Azul. La propiedad y su contenido, incluyendo los muebles y obras de arte originales, ahora le pertenecen.

Con nuestros mejores deseos,

Srta. Rachel Yaba

Sr. George Daba

Sra. Jane Du

Despacho jurídico Yaba, Daba y Du

P. D.: Hay quien dice que la mansión está embrujada. Es probable que eso sea falso, pero, por si acaso:

El despacho Yaba, Daba y Du no se hace responsable por las acciones de fantasmas o de cualquier cosa que provoque estremecimientos, pesadillas, escalofríos o algo peor. Especialmente, algo peor.

P. P. D.: El contenido no ha sido verificado. Como dijo nuestro agente de propiedades después de tirar la llave al río: "No pienso entrar a esa casa embrujada. ¡Entren ustedes!".

No lo hicimos.

P. P. P. D.: Ja, ja. Le salió el tiro por la culata. Monsieur Glace nos dio dos llaves. Le entregamos una a usted. Por favor no la tire al río.

P. P. P. P. D.: No es gracioso que repitamos la *P* tantas veces. Deje de reírse.

P. P. P. P. P. D.: Nos vamos a retirar y nos mudaremos a Fiji o, tal vez, a Iowa. A partir de ahora, nuestro despacho está cerrado para siempre. La mansión es suya. No hay devoluciones.

P. P. P. P. P. P. D.: Buena suerte.

P. P. P. P. P. P. P. D.: La necesitará.

CAPÍTULO 6

El día siguiente fue fresco y despejado. El césped de la Casa Sherbert estaba cubierto de las hojas y ramas que había desprendido la tormenta de la noche anterior.

Pedro estaba de pie frente al porche con Ada y la tía Bernice. Miró a su alrededor lleno de asombro.

—Guau —dijo—. Es... Es...

—Es hermosa —dijo la tía Bernice—. Es única en su tipo.

La construcción parecía una pequeña mansión con varias mansiones más grandes pegadas encima.

Esa parte original es de la época victoriana —dijo Pedro—. ¡Pero aquella otra es *art nouveau*! ¡Le siguieron añadiendo estilos!

—¡No sabían cuándo parar! —dijo la tía Bernice.

—¿Por qué iban a parar? —preguntó Pedro—. Es muy confuso. Y maravilloso. Y me encanta.

La tía Bernice sonrió.

—¿Alguna vez has visto una casa que no te encante? —preguntó.

Pedro se sonrojó.

Pedro era famoso en Río Azul por sus increíbles creaciones arquitectónicas; entre ellas, una torre apestosa que construyó con pañales cuando tenía apenas dos años. Pero su mejor creación era el puente que pasaba sobre el arroyo. Lo había construido con sus compañeros de clase cuando se quedaron atrapados en una isla durante un viaje con su maestra, la señorita Eva Delgado.

—¿Qué es *art nouveau*? —preguntó Ada.

—Es un estilo de arquitectura, arte y diseño que fue muy, muy popular entre 1890 y 1910, pero luego fue perdiendo popularidad durante los diez años siguientes. Tenía curvas increíbles, geniales, que no eran simétricas; y muchas hojas, flores y otros elementos de la naturaleza. Las personas que lo crearon querían que se proyectara hacia el futuro, a nuevos estilos, en vez de remontarse a los estilos griego y romano que eran populares antes. Una vez hice una casa *art nouveau* en el comedor. ¿Recuerdas? —dijo Pedro.

—¿La casa de zanahorias? —preguntó Ada.

—No —respondió Pedro.

—¿La casa de salchichas? —preguntó Ada.

Pedro negó con la cabeza.

—¿La casa de sándwiches de mermelada y mantequilla de maní? —preguntó Ada—. ¿La casa de pizza..., albóndigas..., palitos de pescado?

—No —dijo Pedro—. Era la casa de espagueti.

—Oh —dijo Ada—. Es que haces muchas casas de comida.

Pedro sonrió con orgullo.

—Sí, ¿verdad?

Ada sonrió.

—Esta casa perteneció a un hombre muy famoso —dijo la tía Bernice—. Herbert Sherbert era famoso por su helado, y aún más por sus carritos y vagones musicales. Cambió la industria del helado y viajó por el mundo. Por desgracia, su esposa, Candace, sufría de terribles mareos y tenía que quedarse en casa.

—¿No pudo recorrer el mundo con él? —preguntó Pedro—. ¿No pudo ver la torre Eiffel? ¿Ni el Partenón? ¿Ni la Ciudad Prohibida? ¿Ni las pirámides de Giza? ¿Ni...?

—Ni nada —dijo la tía Bernice—. Pero él le trajo todo eso. Dicen que, por cada lugar que visitó, construyó una habitación de esta casa.

—Guau —dijo Pedro.

—Debe haberla amado mucho —dijo Ada.

La tía Bernice asintió.

—A Herbert se le rompió el corazón cuando ella murió —dijo la tía Bernice—. Clausuró la casa, se fue de la ciudad y nadie volvió a verlo jamás.

—¿Volvió como fantasma? —preguntó Pedro.

—Vamos a averiguarlo —dijo la tía Bernice mientras hacía sonar un gran juego de llaves.

—La llave de los abogados no funcionó, así que supongo que es para una puerta dentro de la casa —dijo—. Pero hace años que colecciono llaves viejas de Río Azul. Tal vez, alguna entre en esta puerta.

Buscó entre las llaves. Algunas eran demasiado grandes y otras, demasiado pequeñas. Por fin, una entró. Le dio vuelta.

CLIC. CLIC. CLONC.

La cerradura hizo un chasquido, pero la puerta no se abrió.

—Qué lástima —dijo la tía Bernice.

De pronto, se escuchó un leve murmullo que se hizo más y más fuerte y...

—¿Qué es eso? —preguntó Pedro.

PUM. PUM. PUM. PUM.

Los tablones del porche comenzaron a levantarse como teclas de piano. Una ola recorrió el entablado de un extremo al otro y otra vez, de regreso.

—¡El porche se mueve! —gritó Ada.

—¡Guau! —exclamó Pedro—. ¡Nunca había visto que una casa hiciera eso! ¡Me gusta!

La tía Bernice se tambaleó cuando los tablones se alzaron bajo sus pies.

Las olas se hicieron más y más rápidas. Cada una era mayor que la anterior. Entonces, por un instante, se detuvieron.

—¡Cuidado! —gritó Ada.

De pronto, el entablado comenzó a levantarse y caer al azar. Pedro trató de correr, pero los tablones lo obligaron a regresar.

¡PLAF! ¡ZAS! ¡TRAS!

El tablón bajo el pie izquierdo de la tía Bernice se levantó y la hizo caer.

—¡Tía Bernice! —gritó Ada.

Ada y Pedro agarraron a la tía Bernice por los brazos, y los tres bajaron del porche de un salto. Cayeron desplomados sobre el descuidado césped. Al instante, los tablones dejaron de moverse y todo quedó en silencio.

Una hoja pasó sobre el porche. La tía Bernice, Pedro y Ada se miraron, demasiado sorprendidos para hablar.

Y entonces lo oyeron.

CLIC. PAF. CRAAAAAAAAC…

El corazón de Pedro se aceleró cuando la enorme y rechinante puerta de madera de la Mansión Misteriosa se abrió. En lo profundo de las sombras, alcanzó a ver una figura oscura que avanzaba hacia ellos.

La figura se acercó más y más.

La tía Bernice, Ada y Pedro se pusieron en pie de un salto.

CRAAAAAAAAAC.

La puerta se abrió un poco más y...

—¿Es...? —preguntó Pedro.

—¿Será posible? —preguntó la tía Bernice.

—¿Pero cómo...? —preguntó Ada.

Un tenue haz de luz se introdujo en la casa a través de la puerta abierta. Una mano se extendió en dirección a la luz y luego...

Una figura completa se colocó bajo el umbral. Era...

Tipos de puertas

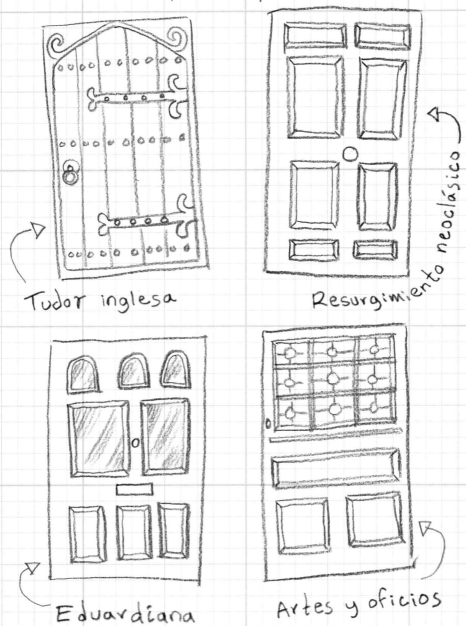

Tudor inglesa

Resurgimiento neoclásico

Eduardiana

Artes y oficios

CAPÍTULO 7

—¿¡Sofía?! —dijo Pedro.

Sofía Valdez se acercó a la luz del umbral y saludó.

—¿Eran ustedes los que golpeaban la puerta? —preguntó.

Pedro, Ada y la tía Bernice no respondieron. Miraban fijamente algo detrás de Sofía. Algo que avanzaba hacia ella desde las sombras profundas. Se acercó más y más y...

—¡Sofía! —dijo Pedro—. Es...

—¡Una casa genial! —dijo Sofía.

Más cerca... Más cerca...

—Es... —musitó Pedro, señalando detrás de Sofía.

—¿Increíble? —preguntó Sofía—. ¡Espera a que la veas por dentro!

—Pero... es... —balbuceó Pedro.

—¿Escalofriante? —dijo Sofía—. ¿Crees que esté embrujada?

—¡Sofía! —exclamó la tía Bernice—. ¡Sal de la casa!

—¿Por qué? —preguntó Sofía.

—¡Cuidado! —dijo Pedro.

Un aullido fantasmal colmó las tinieblas.

—¡Auuuuuuuuuuuuuuu! ¡AUUUUUUUUUUU! ¡AUUUUUUUUUUUUUUUUUU!

Ada y Pedro saltaron al porche y corrieron hacia Sofía, pero era demasiado tarde. Sofía se volvió justo cuando aquella cosa la envolvía y la arrastraba hacia las sombras.

CAPÍTULO 8

—¡Sofía! —gritó Ada.

Ada y Pedro corrieron hacia la entrada, tropezaron en el umbral y se cayeron sobre una especie de bulto que se sacudía y reía.

La tía Bernice abrió por completo la pesada puerta y el recibidor se inundó de luz.

Ada, Pedro y Sofía estaban amontonados encima de una sábana llena de bultos.

—¡Ji, ji! —rio una voz bajo la sábana.

—¿Qué tenemos aquí? ¿Un fantasma risueño? —preguntó la tía Bernice.

Ada, Pedro y Sofía se pusieron de pie; la tía Bernice retiró la sábana y descubrió a una niña risueña con una pañoleta de lunares en la cabeza.

—¡Rosa! —dijo Pedro.

—¿Los asusté? —preguntó Rosa—. Encontré esta sábana en esa silla.

—Fue gracioso —dijo Sofía y estalló en risas.

Rosa, Ada y la tía Bernice no pudieron contenerse, y pronto, todo el mundo estaba riéndose. Todo el mundo menos Pedro Perfecto.

Pedro estaba muy ocupado contemplando la habitación más hermosa que había visto en su vida.

CAPÍTULO 9

Estaban en un elegante recibidor. Sobre sus cabezas colgaba un candelabro de hierro y cristal, y bajo sus pies se extendía un piso de mosaico con un diseño en espiral. En el centro de la espiral, se podía leer la frase: LA FELICIDAD ES LA LLAVE DE TODO.

—Oigan —dijo la tía Bernice—. Ese era el lema de Herbert Sherbert. Lo puso en todas las cosas que construyó en Río Azul. La estación de trenes tenía esa frase en el andén; la rotonda de la vieja biblioteca también; y, en la primera escuela, había una gran pintura de un cono de helado verde espinoso rodeado por esas palabras. Creo que a los maestros no les gustaba, pero a los niños sí. Sobre todo en los días calurosos.

—¡Herbert Sherbert sí que sabía hacer publicidad! —dijo Sofía.

—Y helado —dijo la tía Bernice—. ¡Ojalá tuviera un poco ahora!

Un barandal curvo de hierro forjado conducía al segundo piso. Las paredes estaban cubiertas con grandes murales que representaban la historia de Río Azul, desde la época de los dinosaurios hasta los inicios del siglo veinte.

—¡No puedo creerlo! —dijo Pedro—. ¡El exterior de esta parte de la casa es victoriano y el interior es *art nouveau*! Esos son mis estilos favoritos de casas, además del gótico, el románico, el moderno y...

—Creo que ese dinosaurio está comiendo helado —dijo Sofía—, pero está demasiado oscuro para poder distinguirlo.

Aun con la puerta bien abierta, la sala estaba en penumbra.

—¡Miren! —dijo Rosa—. ¡Un botón!

—Es un viejo interruptor de luz —dijo la tía Bernice—, pero no va a funcionar. Los cables son demasiado viejos para soportar el servicio eléctrico moderno. Esta debe ser una de las primeras casas construidas en Río Azul para tener electricidad.

—¿Cómo vivirás aquí sin corriente eléctrica, tía Bernice? —preguntó Ada.

La tía Bernice suspiró.

—No creo que pueda vivir aquí, Ada —dijo con tristeza—. Costaría una fortuna arreglar este lugar. Pero la carta decía que hay muebles, así que tal vez pueda vender algunos para pagar las reparaciones.

Sonrió esperanzada.

—¿Qué es esta palanca? —preguntó Rosa Pionera.

—¡No la...! —exclamó la tía Bernice.

Pero era demasiado tarde.

¡PAF! ¡CLANC! ¡PAF! ¡CLANC!

¡BUM! ¡BUM! ¡BUM!

Los gigantescos postigos metálicos que cubrían las enormes ventanas se abrieron de un golpe y chocaron contra la pared exterior de la casa. La luz entró a raudales por las ventanas de vidrio emplomado del gran salón de la Mansión Misteriosa.

—¡Guau! —dijo Pedro.

—¡Guau! —dijo Rosa.

—¡Guau! —dijo Sofía.

Ada no dijo nada. Estaba pensando.

Se tocó la barbilla, y miró a Sofía y a Rosa.

—Esperen un segundo —les dijo—. ¿Cómo entraron aquí?

—¡Por la ventana de la cocina! —dijo Rosa.

—¿Qué? —preguntó la tía Bernice.

—La tormenta arrojó un árbol grande contra la ventana de la cocina —dijo Sofía—. Así que entramos para abrirles la puerta a ustedes.

—¿Cómo sabían que estaríamos aquí? —preguntó Ada.

—El papá de Pedro se lo contó a mi tía y ella, a mí —dijo Rosa—. ¡Así que vinimos a ver si

podíamos ayudar y encontramos el árbol en la ventana!

—¿Había vidrios rotos? —preguntó la tía Bernice—. ¡Podrían haberse lastimado!

—Están todos bajo el árbol —dijo Rosa—. Solo caminamos sobre las ramas.

—Uf —dijo la tía Bernice. Tengamos cuidado y no nos separem...

Era demasiado tarde. Pedro ya había subido corriendo por la gran escalera y las demás Preguntonas lo siguieron. La tía Bernice los oyó abrir puertas en el piso de arriba.

—¡Guau! —gritó Pedro—. ¡Cada habitación es como un país diferente!

—¡Aquí está Egipto! —exclamó Ada.

—¡España! —gritó Sofía.

—¡Italia! —exclamó Pedro.

—¡Rusia! ¡China! ¡Marruecos!

En el piso de abajo, la tía Bernice contemplaba en silencio la magnificencia del gran salón de la

Mansión Misteriosa. La luz del sol entraba por las enormes ventanas e iluminaba los murales de los tiempos felices de Río Azul. Bernice sonrió. Imaginó a todo el pueblo reunido en la mansión para celebrar fiestas. Sin embargo, no podía dejar de pensar en Herbert Sherbert. Se habría sentido muy solo en una casa tan grande tras la muerte de Candace. ¿Qué le había pasado entonces? ¿Serían ciertas las viejas historias? ¿Sus fantasmas rondaban la Mansión Misteriosa?

Quizá fue una leve brisa que entró por la puerta o una nube que cubrió el sol que entraba por las altas ventanas, pero, por un momento, la tía Bernice sintió un escalofrío y se estremeció. Luego, el frío pasó.

Miró a su alrededor una vez más y subió por los amplios escalones de mármol en pos de los Preguntones.

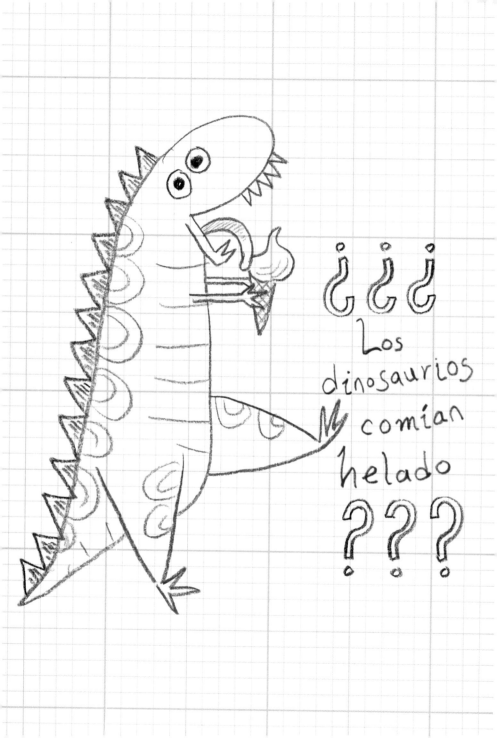

CAPÍTULO 10

Herbert Sherbert sí que había viajado mucho. Cada habitación del piso superior era como visitar un país diferente. Las paredes estaban cubiertas de coloridos murales que mostraban el paisaje, los monumentos y la vida silvestre de las diversas tierras, todo en el estilo *art nouveau* que le encantaba a Pedro. Cada mural, al igual que los del gran salón, incluía a algún personaje comiendo helado.

Lo que no había en ninguna habitación eran muebles. No había camas, mesas, sillas ni cómodas. ¿Dónde estaban los muebles que mencionaba la carta? Tenía que haber habido muebles si Pierre Glace había donado las lámparas de latón y los jarrones de la casa hacía tanto tiempo.

Mientras recorría la casa, la tía Bernice fue poniéndose cada vez más triste. Cada habitación era aún más hermosa que la anterior; pero, sin antigüedades para vender, no había manera de que pudiera quedarse con la casa.

Encontró a los Preguntones en una habitación cuyo mural mostraba, en un extremo, una exuberante selva tropical con un tigre, un elefante bebé y otros animales asomando entre la vegetación; y en el otro, un palacio real con techo dorado.

—¡Es el Gran Palacio de Bangkok, en Tailandia! —dijo Pedro—. Aunque, cuando lo construyeron, el país se llamaba Siam. Su arquitectura es única. Algún día quiero ir allá.

—¡Mira, Pedro! —dijo Ada—. ¡Ahí está Ladrillo!

Un gato blanco con ojos de diferente color se asomaba por detrás de un pilar.

—¿Crees que sea un antepasado de Ladri-llo? —preguntó Ada—. ¿Por qué tiene los ojos de diferentes colores? Cuando vuelva a casa, voy a leer sobre eso.

Pedro no respondió. Estaba pensando en las estatuas de gatos del cementerio. ¿Habría alguna relación?

—Hablando de casa, es hora de terminar esta aventura —dijo la tía Bernice.

Volvieron al gran salón, donde la luz del sol entraba a raudales por las grandes ventanas. Eso llenaba de felicidad a Pedro, pero la tía Bernice sonreía con tristeza. Contemplaba una silla solitaria situada frente a la chimenea y el enorme retrato que colgaba sobre la repisa. La pintura estaba cubierta con una sábana.

—Esta silla y ese cuadro son todo lo que queda —dijo—. No puedo reparar el techo vendiendo solo esas cosas.

—¡Vamos a ver! —dijo Ada y haló una esquina de la sábana.

La sábana cayó al piso y reveló el retrato nupcial de una elegante pareja. La novia tenía un ramo de jazmines en una mano y, en la otra, un gato con ojos de diferente color. Aunque la pareja sonreía, sus miradas solo mostraban una emoción: pesar.

—¿Por qué el retrato está inclinado? —preguntó Ada al tiempo que acomodaba la esquina inferior del marco.

—Me pregunto si el gato vino de Tai... —comenzó a decir Pedro.

CRAAAAAAAAAAC...

Un ruido repentino lo interrumpió.

Un ruido sordo inundó el aire, luego dio paso a un silbido que se fue transformando gradualmente en una nota fuerte y clara. Era como si la

casa estuviera tarareando. El sonido se hizo cada vez más fuerte y, pronto, un tamborileo regular comenzó a sonar desde algún lugar en el piso de arriba. Sonó una nueva nota y luego otra y otra. ¡Era música! La casa estaba tocando una canción.

Los postigos de las ventanas del gran salón se cerraron de golpe y, casi con la misma rapidez, volvieron a abrirse. Se abrían y cerraban al ritmo de la música. Al principio, la tonada era alegre, como de juego de feria, pero luego se volvió tétrica y espeluznante.

Los Preguntones, con los ojos como platos, se miraron entre sí.

De pronto, escucharon un nuevo sonido que sobresalía por encima de la música y que les provocó un escalofrío.

Era un chillido estridente y sonaba como el llanto de una mujer.

CAPÍTULO II

Entonces, de pronto...

¡PAF! ¡PAF! ¡PAF!

Los postigos se cerraron definitivamente, y solo quedó la luz que entraba por la puerta abierta.

¡CRAAAAAAAAAAAAC!

¡La enorme puerta principal de la mansión se estaba cerrando!

—¡Salgan! ¡Rápido! —gritó Pedro.

La tía Bernice y los Preguntones atravesaron el umbral a toda velocidad.

¡PAF!

La gigantesca puerta se cerró tras ellos. Los tablones del porche empezaron a subir y bajar bajo sus pies.

—¡Cuidado! —gritó Ada—. ¡Salgan del porche!

Bajaron de un salto. Al instante, los tablones dejaron de moverse y todo quedó en silencio.

La tía Bernice, Pedro, Ada, Sofía y Rosa, sin decir una palabra, se quedaron parados en el césped cubierto de hojas frente a la Mansión Misteriosa. Entonces, por el rabillo del ojo, Pedro vio algo blanco y borroso que pasaba por un costado de la casa.

—¡El gato blanco! —gritó.

Corrió en esa dirección, pero, cuando dobló la esquina, no vio ningún gato blanco. Solo había un pedazo de papel atorado en una rama caída. Pedro lo reconoció. Retiró de la rama su dibujo de la casa del árbol, lo dobló y se lo guardó en el bolsillo.

CAPÍTULO 12

—Les diré a Berta y a Boris que cubran la ventana con paneles de madera —dijo la tía Bernice con un suspiro, mientras dejaba a los niños en casa de Pedro.

Berta y Boris tenían un negocio de reparaciones que atendían cuando no estaban trabajando como recicladores o realizando labores voluntarias en el departamento de bomberos y la biblioteca.

La tía Bernice movió la cabeza y sonrió.

—A menos que algún rico fabricante de galletas me dé un montón de dinero, tendré que dejar la mansión en manos de sus fantasmas —dijo, medio en broma—. Pero ahora tengo que volver a la tienda. ¡Esos huesos de dinosaurio no se van a vender solos!

Guiñó el ojo, a pesar de que era evidente que no se sentía muy animada. Los niños se despidieron de ella y entraron a la casa de Pedro.

—¿De verdad viste un gato? —preguntó Ada mientras Pedro sacaba el papel de su bolsillo y lo extendía sobre la mesa del comedor.

Pedro no respondió.

Estaba muy ocupado pensando.

Se preguntaba si había visto un gato o solo había sido el papel volando en el viento. Había muchas cosas extrañas en la mansión. Tal vez lo había imaginado. Pero ¿y el gato que estaba en el porche durante la tormenta? ¿También había sido su imaginación? Frunció el ceño. Pasaba mucho tiempo imaginando edificios, puentes y otras estructuras, ¡pero NO gatos!

Sofía le sonrió a su amigo. Siempre sabía cuando algo molestaba a Pedro. Cambió el tema.

—Hablando de galletas —dijo mientras abría su bolsa—, ¡mi abuelo nos hizo unas!

El abuelo de Sofía había tenido una panadería en su vecindario por muchos años. La Panadería de la Magnolia era la mejor de la zona. Ahora estaba retirado, pero todavía horneaba para Sofía y sus amigos.

—Mis papás también nos dejaron comida —dijo Pedro.

Se levantó de su silla y salió del comedor. Un momento después, volvió con una bandeja de comida y vasos de limonada.

—¡Tengo preguntas! —dijo Ada Magnífica mientras agarraba unas uvas.

—¡Yo también! —dijo Sofía.

—¡Y yo! —dijo Rosa.

Pedro no dijo nada. Estaba muy ocupado pensando.

- ¿Qué le pasó a Herbert Sherbert?
- ¿La mansión está embrujada?
- ¿Dónde están los muebles de la mansión?
- ¿Por qué su gato se parecía tanto a Ladrillo? 😺
- ¿Existen los fantasmas?
- ¿Que provocó que el porche se moviera y por qué?
- ¿Me pasas el queso?
- ¿Como pudo una sola palanca abrir todos los postigos a la vez?

¿ QUÉ ? ¿ POR QUÉ ? ¿ CÓMO ?

CAPÍTULO 13

Rosa se sacó su cuaderno del bolsillo y el lápiz de detrás de la oreja, y tomó notas mientras todos hablaban.

Conversaban, comían y tomaban notas.

—¿Qué hay de la tía Bernice? —preguntó Ada.

Rosa dejó de escribir y miró a su amiga. Ada frunció el ceño y se tocó la barbilla.

—A la tía Bernice le encanta la casa —dijo Ada—, pero no tiene suficiente dinero para arreglarla. ¡La vamos a ayudar a conservarla!

—¡Hagamos una máquina para ahuyentar al fantasma! —dijo Rosa—. Bueno, si hay un fantasma. ¿Cómo podemos saber si de verdad hay un fantasma?

—¡Podemos hacer un experimento! —dijo Ada—. Pero ¿qué tipo de experimento?

Buscó otra galleta. Ya no estaban.

Y Pedro tampoco.

Encontraron a Pedro en la cocina. El refrigerador y todos los gabinetes de la alacena tenían las puertas abiertas de par en par. Había galletas, rebanadas de pan, trozos de queso, conos de helado y frutas por todo el piso.

—Cielos —dijo Ada.

En medio del desorden, se alzaba una maqueta de la Mansión Misteriosa.

—¡Se ve hermosa! —dijo Rosa.

—Se ve deliciosa —dijo Ada.

—Todo está mal —dijo Pedro.

—No, Pedro —dijo Sofía—. ¡Se ve increíble!

Pedro le dirigió una mirada rara, luego miró la maqueta y, de nuevo, a sus amigas.

—Ah —dijo—. La maqueta se ve bien, pero la mansión está mal. Necesitamos averiguar por qué y tengo una idea.

Limpiaron e hicieron un plan. Luego salieron. Sofía y Ada fueron corriendo a la alcaldía y la biblioteca. Rosa y Pedro corrieron a la casa de Rosa y subieron al quesocóptero.

—¡Con el tanque lleno de combustible y listo para volar! —dijo Rosa—. ¡A ponernos los cascos!

Se acomodaron en la cabina y Rosa activó el interruptor. El quesocóptero se sacudió ¡y salieron volando! Pasaron sobre el Puente Pedro Perfecto en camino hacia el bosque. La Mansión Misteriosa se alzaba entre los árboles.

Pedro le pidió a Rosa que volara en círculos sobre la propiedad. Ella empujó el acelerador y, como toda una experta, la sobrevoló tres veces. Desde el aire, pudieron ver nuevos detalles.

—¡Mira los ornamentos! —exclamó Pedro, señalando las elaboradas decoraciones de las dos gigantescas chimeneas que se alzaban en ambos extremos de la mansión—. ¡Son gárgolas! —gritó y señaló los tubos de desagüe con forma de caras. Luego preguntó—: ¿Podemos pasar por encima?

—¡Espera! —gritó ella.

Haló el acelerador; el quesocóptero se elevó y pasó sobre la parte media de la mansión.

—¡Mira! —gritó Pedro, señalando el techo.

El quesocóptero estaba suspendido sobre el techo.

—¡Yupi! —exclamó Pedro—. ¡Sabía que sería así!

Rosa sonrió y asintió.

—¡Tenías razón! —dijo.

Pedro levantó los pulgares y Rosa giró el quesocóptero en dirección a la alcaldía.

EL FESTIVAL DE LA MIEL

CAPÍTULO 14

Con un ruido sordo, aterrizaron sobre el césped a un lado de la Alcaldía de Río Azul. Pedro y Rosa bajaron del quesocóptero y se sentaron en la escalinata del edificio. Pedro sacó su cuaderno y se puso a dibujar.

Unos minutos después, Sofía los llamó mientras bajaba corriendo por los anchos escalones de piedra. Agitó un manojo de papeles.

—¡Oigan! —exclamó Sofía—. ¡Miren lo que encontré! La secretaria Clark sabía exactamente dónde buscar.

Sofía conocía muy bien la alcaldía. La había visitado muchas veces cuando abogaba por la construcción de un parque en Río Azul. Tenía muchos amigos ahí, entre ellos, Clara Clark, la secretaria municipal.

—¡Miren estos permisos de construcción de la mansión! —dijo Sofía—. El primero es de 1875. Fue cuando construyeron la casa original. El último es de enero de 1918. Remodelaron completamente el interior para hacerlo *art nouveau* y añadieron un ala completamente nueva con ese estilo.

—¿1918? —dijo Pedro—. Es el año de la lápida.

—¿Hubo permisos después de 1918? —preguntó Rosa.

—Nada —dijo Sofía.

En ese momento, vieron que Ada corría hacia ellos desde la biblioteca. Llevaba un libro en las manos.

—¡Miren! —dijo Ada—. ¡Encontré una colección de columnas de sociedad de Río Azul! Fíjense en este artículo.

10 de marzo de 1918

Río Azul se vistió de gala hoy cuando varias familias se reunieron para celebrar el séptimo cumpleaños de la señorita Miel Sherbert. Se trata, por supuesto, de la hija de Candace y Herbert Sherbert, la heredera de su imperio heladero.

Los ciudadanos se reunieron en los jardines de la Mansión Sherbert para un día de campo con canciones, bailes y recorridos por la elegante residencia. El entretenimiento estuvo a cargo del grupo acrobático francés Le Flip.

Todos la pasaron de maravilla. ¡Ya se está planeando la fiesta del siguiente año!

—¿Entonces, por eso hay un Festival de la Miel cada año en el pueblo? —dijo Pedro—. ¡Yo pensaba que era solo porque a la gente le gustaban las abejas!

—Me encantan las abejas —dijo Ada.

—¿Qué pasó con Miel? —preguntó Sofía.

Ada pasó a otra página y una expresión de tristeza se dibujó en su rostro.

—Es horrible —dijo.

Pedro ahogó un grito.

Vuelve la epidemia de influenza

Una tragedia ha conmocionado a Río Azul. La influenza española se ha cobrado la vida de Candace Sherbert, líder local del movimiento por el voto femenino y esposa del creador de helados Herbert Sherbert. El señor y la señora Herbert perdieron a su hija Miel hace un mes a causa de la epidemia de influenza.

La señora Herbert es la vigésima persona que muere en Río Azul este año a causa de la influenza española. Se espera que la cifra se eleve a medida que la influenza se esparza por el país. Los funcionarios advierten que podrían morir millones de personas en todo el mundo por la enfermedad.

—¡Las tumbas del bosque eran suyas! —dijo—. ¡No era H. Sherbert, sino M. Sherbert! No sabía que la influenza era tan peligrosa.

—La gente todavía puede morir de influenza, pero ya no es tan común —dijo Ada—, porque los científicos han inventado nuevos medicamentos y vacunas. Antes la gente moría de todo tipo de enfermedades, como el sarampión y la influenza. Las vacunas cambiaron eso. El señor McClintock, de la biblioteca, dijo que, en 1918, murieron de influenza millones de personas en todo el mundo. ¡Millones!

—Miren la fecha del artículo —dijo Rosa—. Fue solo cuatro meses después del Festival de la Miel.

—¿Qué pasó con Herbert después de eso? —preguntó Pedro.

—No sé —dijo Ada—. Tengo que leer más para averiguarlo. ¿Qué encontraron Rosa y tú, Pedro?

—¡Algo que tenemos que mostrarle a tu tía abuela ahora mismo! —respondió Pedro.

Objetos de la tienda
A Excavar

Rocas

HUESOS DE DINOSAURIO

Joyería antigua

Cerámica

¡Un meteorito!

CAPÍTULO 15

Los Preguntones fueron corriendo a la tienda A Excavar, que quedaba a una cuadra de la alcaldía. La tienda estaba repleta de todo aquello que se pudiera extraer del suelo: ¡rocas, huesos de dinosaurio, joyería antigua, cerámica y un meteorito! Había, incluso, una granja de lombrices en un rincón. También atesoraba libros, papeles, mapas, sombreros y todo tipo de objetos históricos de Río Azul que la tía Bernice había encontrado en sus investigaciones sobre las cosas que había desenterrado.

—¿Tía Bernice? —dijo Ada al entrar a la tienda.

—No está —dijo una mujer de cabello rojo y corto que llevaba una pañoleta de lunares como la de Rosa—. Estoy cuidando la tienda en su ausencia.

Era June, una de las mejores amigas de la tía Bernice.

—¿Volverá? —preguntó Rosa.

—No regresa hasta mañana —dijo June—. Salió del pueblo con Agnes Lu. Ay, Bernice está muy preocupada.

—¿Por qué? —preguntó Ada.

—Por la Mansión Misteriosa, claro —dijo June—. Dejó el corazón en ese lugar, pero va a costar una fortuna arreglarlo. Así que ella y Agnes llevaron el tesoro con unos expertos para ver cuánto vale. Si vale lo suficiente, puede conseguir un préstamo o vender una parte para pagar las reparaciones de la mansión.

Ada miró la vitrina donde la tía Bernice guardaba sus artículos más valiosos. Conocía su contenido a la perfección: once anillos de oro, una taza llena de piedras preciosas, cucharas de plata antiguas, un meteorito, seis huesos de dinosaurio y un diente de *T. rex*. La tía Bernice llamaba a todo eso su *tesoro*.

Ahora la vitrina estaba vacía.

—Todo está ocurriendo muy rápido —dijo June—. Hoy una señora ofreció comprar la mansión y quiere una respuesta para mañana. Si Bernice no le vende la mansión, comprará cualquier otra propiedad al día siguiente. Bernice tiene que decidir de inmediato si se va a quedar con ella o la va a vender. Esa señora le hizo una gran oferta. ¡Es una decisión difícil!

—¿Quién es la señora? —preguntó Pedro.

—¡Ve a la galería de tus padres y lo sabrás! —dijo June—. ¡Está ahí en este momento!

CAPÍTULO 16

Los padres de Pedro, Marcia y Fred Perfecto, ayudaban a la gente de Río Azul a comprar y vender propiedades y obras de arte. Su galería estaba a la vuelta de la esquina de la tienda de la tía Bernice.

Los Preguntones corrieron a la Galería Perfecto y entraron intempestivamente. Una mujer bajita y muy alegre estaba charlando con los padres de Pedro.

—¡Pedro! —dijo su padre—. Te presento a la señorita Weatherbee. Acaba de hacer una oferta por la Casa Sherbert.

—Pero... —balbuceó Pedro.

—Tú debes ser el joven arquitecto del que tanto me han hablado —dijo la señorita Weatherbee—. Creo que te encantarán los nuevos apartamentos que planeo construir.

—Pero es de la tía Bernice —dijo Ada.

—¡Por supuesto! Primero tiene que venderla —dijo la señora Weatherbee animada—. Espero que lo haga. Entonces despejaré el terreno y demoleré las estructuras existentes para construir una nueva y maravillosa comunidad moderna.

Pedro ahogó un grito.

—¿Qué hará qué? —preguntó con incredulidad.

La señorita Weatherbee no lo notó.

—¡Imagínenselo —continuó—, un complejo de apartamentos de diez pisos donde cada edificio será idéntico a los demás! ¡Será una vista grandiosa!

Pedro abrió mucho los ojos. También abrió la boca, pero no emitió sonido alguno. Su cara se puso roja y le pareció que la habitación daba vueltas.

—¡Creo que va a desmayarse! —dijo Ada—. ¡Siéntate, Pedro!

—¡Cielos! ¿Siempre hace eso? —preguntó la señorita Weatherbee—. Bueno, los veré mañana en la Casa Sherbert.

Se despidió alegremente y salió de la galería.

—Santo cielo, Pedro —dijo la mamá de Pedro—. ¿Estás bien?

—¡No puede demoler la mansión! —dijo Pedro—. ¡Piensen en los pisos de mármol! ¡Piensen en la escalera de hierro! ¡Piensen en las gárgolas!

—Esperemos que Bernice pueda conservarla —dijo el señor Perfecto—. Mañana sabremos.

—Pedro, ve a casa y descansa —le dijo su mamá—. Esa fue una gran conmoción.

Los Preguntones volvieron al quesocóptero. Se sentaron en el pasto.

—¿Te sientes mejor? —preguntó Sofía.

—No —dijo Pedro—. ¡Va a demoler la mansión!

—Sé que eso te da miedo —dijo Sofía.

Se sentaron en silencio un momento. De pronto, Pedro saltó.

—¡Eso es! —dijo.

—¿Qué cosa? —preguntó Sofía.

—¡Miedo! —dijo Pedro—. ¡Da mucho MIEDO! Sonrió.

—No entiendo —dijo Ada.

—¡Buuuuu! —dijo Pedro.

Esperó un momento. Entonces, una por una, todas entendieron.

—Oh, vaya —dijo Sofía.

—Oh, vaya —dijo Rosa.

—¡Cielos! —dijo Ada.

CAPÍTULO 17

A la tarde siguiente, Pedro y sus padres estaban en el porche de la Mansión Sherbert con la señorita Weatherbee. Pedro, nervioso, la escuchaba mientras ella señalaba el bosque.

—¡Si quitamos esos árboles, puedo añadir otros tres edificios de apartamentos! —dijo—. ¡Todos perfectamente alineados!

Pedro gimió. ¿Cómo podía alguien querer derribar una obra maestra arquitectónica como la Mansión Misteriosa?

—¡Pero necesitamos este lugar! Es importante —dijo Pedro—. ¡La arquitectura es importante!

Nos permite mostrar quiénes somos. ¡Nos permite mostrar dónde hemos estado y decidir a dónde queremos ir! ¡La arquitectura es una de las maneras en que le mostramos al mundo lo que es importante para nosotros! No podemos destruir lugares como este. ¡Los necesitamos!

—Oh, vaya —dijo la señorita Weatherbee—. Es un punto de vista interesante. Pero imagina tener muchos, muchos espacios simples para que la gente viva. Lindos espacios cuadrados. Eso suena muy pulcro y ordenado.

Pedro sintió que desfallecía, y estaba a punto de desplomarse sobre los escalones cuando escuchó el sonido.

¡PIII! ¡PIII!

Un viejo *jeep* militar subió a toda velocidad por el sendero.

¡PIII! ¡PIII!

Era la tía Bernice con Agnes Lu.

—¡Ya llegaron! —gritó Pedro.

Su emoción se desvaneció cuando vio la expresión lúgubre en sus rostros. La tía Bernice no había conseguido el dinero para quedarse con la Mansión Misteriosa.

—Hola, señorita Weatherbee —dijo la tía Bernice mientras subía los escalones del porche—. Hola, Fred. Hola, Marcia.

—¿Tuviste suerte? —preguntó la mamá de Pedro.

—No la suficiente. Supongo que no me quedaré con este maravilloso lugar —dijo la tía Bernice. Vamos a firmar el contrato de venta y ya.

—¡Pero esperen! —dijo Pedro—. ¡Deberíamos entrar!

—No tiene caso, Pedro —dijo la tía Bernice—. Además, no tengo la llave, ¿recuerdas? Mis llaves no abrieron la puerta.

—Pero... —dijo Pedro.

—¿Pero qué? —preguntó la señora Lu.

Pedro corrió hacia la puerta.

—¿PERO QUÉ HAY DE LOS FANTASMAS? —dijo en voz *muy* alta.

—Oh, vaya —dijo la señorita Weatherbee—. No soy muy fan de los fantasmas.

—¡Son terribles! —dijo Pedro—. ¡LOS FANTASMAS SON UN GRAN PROBLEMA POR AQUÍ!

—¿Por qué gritas? —preguntó su padre.

—¡PARA AHUYENTAR A LOS FANTASMAS! —dijo Pedro—. ¡NO QUEREMOS QUE APAREZCA ALGUNO!

—Pedro, ¿te sientes bien? —dijo su madre.

—Pueden aparecer fantasmas en cualquier momento —dijo Pedro—. ¡EN CUALQUIER MOMENTO!

De pronto...

¡PUM! ¡PUM! ¡PUM! ¡PUM!

—¿Qué sucede? —exclamó la señorita Weatherbee—. ¡Algo le pasa al porche!

Los tablones del piso empezaron a subir y bajar.

¡PUM! ¡PUM! ¡PUM! ¡PUM!

—¡Es el fantasma de Herbert Sherbert! —dijo Pedro con su voz más escalofriante—. ¡Regresó!

¡PAF!

Los tablones cayeron de golpe.

Y luego...

¡CRAAAAAAAAAAAAC!

La puerta de la mansión se abrió.

—¡BUUUUUU! ¡BUUUUUUUUU!

De las tinieblas, se escapó un lamento.

—¡El fantasma! —dijo Pedro.

Un ruido sordo y profundo salió del interior de la casa y, de pronto, comenzó a sonar una melodía. Una estrepitosa y escalofriante música circense saturó el aire.

—¡Buuuuuuuu! ¡BUUUUUUU!

En la claridad del umbral, se pudo ver por un instante el esbelto fantasma de Herbert Sherbert.

Luego desapareció.

—¡Un fantasma! —gritó Pedro—. ¡El lugar está embrujado! ¡Nadie alquilaría apartamentos aquí!

—¡EJEM!

La tía Bernice carraspeó sonoramente y le dirigió una mirada muy severa a Pedro.

—¿Qué pasa? —preguntó.

Pedro agitó las manos en el aire.

—¡Es el fantasma de Herbert Sherbert! ¡Buuuu! ¡Volvió y no le gustan los edificios de apartamentos!

—Ya veremos —dijo la tía Bernice mientras cruzaba la puerta.

Cuando entró al gran salón, la música se detuvo. Una vez más se escuchó el alarido fantasmal.

—¡BUUUUUUUUUUUUUUUU! ¡BUUUUUUUUU, BUUUUUUUUU!

La tía Bernice tiró de la palanca en la pared.

¡BUM! ¡BUM! ¡BUM!

Los postigos de metal se abrieron, la luz entró al gran salón y cayó sobre el fantasma de Herbert Sherbert.

CAPÍTULO 18

El fantasma de Herbert Sherbert estaba de pie sobre el piso de mármol; sus seis pies asomaban por debajo del enorme cuerpo blanco.

—Buuuuu...

—Disculpen —dijo el padre de Pedro—. Se les ven los zapatos.

—¡Uy! —dijo el fantasma y ocultó sus pies bajo la sábana—. ¡Soy el fantasma de Herbert Sherbert! ¡Buuuuu!

—Parece una gran araña blanca —dijo la madre de Pedro.

—¡Las arañas tienen ocho patas! —dijo el fantasma.

Se oyeron murmullos bajo la sábana.

—A los fantasmas no les importa... Les importaría si estudiaran a las arañas... ¡Shhh...!

La tía Bernice haló la sábana y descubrió a Rosa, Ada y Sofía, que sujetaban palos para mantenerla erguida.

—¿Y bien? —dijo la tía Bernice—. ¿Qué tienen que decir?

—¿Bu? —dijo Ada.

—¡Estoy muy confundida! —dijo la señorita Weatherbee—. ¿Hay fantasmas o no? ¡No me gustan los fantasmas! Son terribles para las ventas.

—Solo somos nosotros —dijo Ada—. Queríamos ayudar, pero tal vez no lo logramos.

—¡Queríamos asustarla para que no destruya este hermoso lugar! —dijo Pedro—. Es un ejemplo importante de arquitectura *art nouveau* y victoriana...

—Y de la historia de Río Azul... —dijo Sofía.

—Sé que tenían buenas intenciones —dijo la tía Bernice con gentileza—, pero así no se hacen las cosas. Solo quiero este lugar si puedo quedármelo sin hacer trampa.

—¿Qué está pasando? —dijo la madre de Pedro.

Los niños empezaron a hablar todos a la vez.

—Fantasmas..., engranajes del porche..., experimento..., interruptor de la cerradura..., retrato... ¿Herbert?... ¡BUUU! Arquitectura..., gárgola..., biblioteca..., moco..., planos...

La tía Bernice rio y levantó la mano.

—Uno a la vez —dijo.

Rosa habló.

—Ayer vi engranajes bajo los tablones del porche —dijo—, así que deduje que el movimiento no se debía a un fantasma. ¡Solo era un artilugio! El porche se volvió loco cuando metimos la llave equivocada en la cerradura y, cuando movimos el retrato que estaba inclinado, la casa empezó a hacer ruidos. Supuse que eran interruptores. Herbert Sherbert era un gran ingeniero y dispuso la casa para que pareciera embrujada.

—¿Como una trampa? —preguntó la señorita Weatherbee—. ¿Por qué haría eso?

—Cuando su familia murió, se le rompió el corazón —dijo Ada—. Tal vez no quería que gente extraña viviera aquí, así que decidió ahuyentar a todos los que intentaran entrar.

—Como dijo usted, señorita Weatherbee —dijo Pedro—, los fantasmas son malos para las ventas. Si ese era el plan de Herbert Sherbert, ¡funcionó! Impidió que la gente tratara de comprar la casa.

La señorita Weatherbee asintió.

—¿Cómo entraron hoy, niños? —preguntó la tía Bernice—. Berta y Boris sellaron la ventana ayer con tablas.

—Hice un invento —dijo Rosa—. ¡Es el abre-puertas 7!

Levantó un artilugio con un montón de púas extrañas.

—Esta parte abre la puerta —dijo—. ¡Esta otra activa las trampas! Puede guardarlo para cuando viva aquí.

—Todos ustedes son muy ingeniosos —dijo la tía Bernice—, pero tengo que vender el lugar.

—¿Qué hay de las antigüedades? —preguntó Ada.

—Ay, querida —dijo la tía Bernice—. Ni siquiera podemos imaginar qué había aquí hace tanto tiempo.

—¡Pero sí podemos! —dijo Sofía—. ¡Mire!

Sacó de su bolsa el libro de la biblioteca y pasó las páginas.

—¡Aquí! —dijo.

Mostró una fotografía de la señora Candace Sherbert parada junto a otra mujer en el gran salón de la mansión, ¡que estaba lleno de muebles y antigüedades caras! Sofía leyó el pie de foto:

—12 de enero de 1916. Candace Sherbert recibió a Ida B. Wells en el gran salón. Ida B. Wells es una líder de la lucha por el voto femenino en Estados Unidos. Las sufragistas, como Ida B. Wells y Candace Sherbert, creen que las mujeres deben tener derecho a votar. "Helado para los niños. ¡Votos para las mujeres!", dijo la señora Sherbert.

—¡Eso es historia! —dijo la tía Bernice—. ¡Y mira todos esos muebles! Pero ya no están. Buscamos por todas partes.

—¡Hay un lugar donde no buscamos! —dijo Pedro y sacó su dibujo del techo de la mansión.

—¡Debe haber una habitación oculta! —dijo Ada—. ¡Tal vez esta llave de los abogados abre la puerta del espacio secreto!

—Pero ¿dónde está esa habitación? —preguntó la tía Bernice.

Pedro mostró su dibujo.

—¡Aquí! —dijo.

CAPÍTULO 19

El plano dibujado a mano por Pedro mostraba las habitaciones que habían visitado. El niño señaló una zona en medio del segundo piso.

—Los arquitectos no dejan partes vacías en una casa —dijo—. ¡Tiene que ser una habitación secreta!

Siguieron el plano hasta un pasillo del segundo piso: a la derecha, había muchas puertas de dormitorios, pero, a la izquierda, no había ninguna.

—Los dormitorios de la derecha tiene ventanas que dan al patio —dijo Ada—, así que la habitación secreta tiene que estar en la pared izquierda.

—Pero ¿dónde? —preguntó Sofía.

Había ocho paneles a lo largo del pasillo. Estaban cubiertos con un intrincado empapelado *art nouveau* con cientos de flores y conos de helado.

—Son muchos conos de helado —dijo la señorita Weatherbee.

Los niños se dispersaron y buscaron una cerradura, un interruptor o un botón. Cualquier cosa que pudiera abrir una puerta oculta. No hallaron nada.

Sofía se sentó y miró el libro de la biblioteca.

—Aceptémoslo —dijo la tía Bernice—. Los muebles ya no están.

—¿Crees que el cuidador se los haya llevado? —preguntó Ada.

—Oh, no —dijo la tía Bernice—. Monsieur Glace era un señor muy bueno. Vivía en la cabañita y le daba dulces a toda la gente.

—¡Lo recuerdo! —dijo el padre de Pedro—. Tenía una barbita y usaba una gorra verde, y siempre se veía exactamente igual.

—¡Así es! Creo que nunca cambió —dijo la tía Bernice—. Y siempre decía lo mismo...

—¡La felicidad es la llave de todo! —dijeron la tía Bernice y el padre de Pedro al unísono.

Rieron.

—¿Por qué siempre se veía igual? —preguntó Ada.

—No sé —dijo el papá de Pedro—. Simplemente, era así.

En ese instante, Sofía se levantó y corrió hacia los demás.

—¡Ajá! —exclamó—. ¡Miren esto!

Les mostró otro artículo.

Todos examinaron la foto.

—¿Por qué llevaría una maleta tan pequeña para un viaje tan largo? —preguntó la señorita Weatherbee.

9 de octubre de 1918

Es un día triste en Río Azul. Nuestro ciudadano más famoso, Herbert Sherbert, creador del helado verde espinoso, se despide de nuestra bella población. Tras la trágica pérdida de su amada esposa, Candace, y de su hija, Miel, regresa a Francia. Deja tras de sí un pueblo agradecido y muchos clientes felices.

Su primo de setenta años, Pierre Glace, se hará cargo de cuidar la Mansión Sherbert y su herencia. Llegará mañana en el tren de las tres.

—¿Por qué iría a Francia en 1918? —preguntó Agnes Lu—. ¡En medio de la Primera Guerra Mundial! ¡Eso sería peligroso!

—¿Por qué Pierre Glace llegó después de que Herbert se fue? —preguntó la madre de Pedro—. ¿No querría ver a su primo?

—¿*Glace* no significa "helado" en francés? —preguntó la tía Bernice.

—¿Cómo es posible que Pierre Glace tuviera setenta años cuando llegó, en 1918, y siguiera vivo cincuenta años después? ¿Y con el mismo aspecto? —preguntó el padre de Pedro.

—¡Mírennos! —dijo la tía Bernice—. ¡Nos estamos volviendo Preguntones!

Todos rieron.

Todos excepto Pedro.

Por un instante, contempló la foto con tristeza.

—¿Dónde está su gato? —preguntó.

CAPÍTULO 20

—**S**i me mudara a Francia, nunca dejaría a Ladrillo —dijo Pedro.

Rosa parecía preocupada.

—¿Y si...? —dijo.

Pedro sabía lo que Rosa iba a decir. Pensó en las estatuas de los gatos cerca de la vieja cabaña. ¿Eran estatuas o eran lápidas?

Trató de recordar las palabras inscritas en las estatuas. ¿Qué decían? Fantasía y Asombro y...

Agnes Lu interrumpió sus pensamientos.

—Bernice —dijo—. Herbert Sherbert quería que alguien como tú tuviera su casa. ¿No dejaría alguna pista sobre la habitación secreta?

"¿Fantasía y Asombro y qué más?".

—Estoy muy confundida con todo —dijo la señorita Weatherbee.

Cuando la palabra *todo* salió de su boca, una distinta entró en el cerebro de Pedro.

"¡FELICIDAD!".

—¡Felicidad! —gritó—. ¡Fantasía, Asombro y Felicidad!

El grupo lo miró, extrañado.

—¡Felicidad! —dijo dando saltos—. ¡La llave de TODO es la FELICIDAD!

—¿Qué? —preguntó Ada.

—¡Herbert Sherbert dejó una pista! —dijo Pedro.

—¿Dónde? —preguntó la tía Bernice.

—¡EN TODAS PARTES! —dijo Pedro—. ¿No lo ven? La Felicidad es la llave de todo.

—Ya lo sabemos —dijo Rosa—. Ese es su lema.

—No —dijo Pedro—. ¡Felicidad era su gato! Su tumba está junto a la cabaña.

—Oh, vaya —dijo la tía Bernice—. ¡Herbert Sherbert puso ese mensaje en distintos edificios por todo el pueblo! ¡En la primera biblioteca y en la estación de trenes!

—Los edificios importantes donde todos podían verlo —dijo Pedro—. Y como parte de la arquitectura.

—¡Y su primo le decía esa frase a todo mundo! —dijo Ada.

—¡Esperen un momento! —dijo Sofía—. ¿Y si no lo era?

—¿Si no era qué? —preguntó Ada.

—¿Si Pierre Glace no era su primo? —dijo Sofía—. ¿Qué tal si se trataba del mismo Herbert Sherbert? ¡Piénsenlo! ¿Y si Herbert Sherbert salió de Río Azul en tren un día y regresó al día siguiente disfrazado? Fingió no saber mucho inglés para que la gente no oyera su voz.

—Excepto cuando pasaba la pista —dijo el padre de Pedro.

—¿Por qué escondió los muebles? —preguntó Ada.

—Para mantener alejados a los ladrones —dijo la señorita Weatherbee—. Una casa llena de muebles caros y obras de arte de todo el mundo sería todo un trofeo para los ladrones.

La tía Bernice se llevó la mano a la boca.

—Pobre alma solitaria —dijo—. Ahuyentó a todos para proteger la memoria de su familia. Lo imagino sentado en esa silla junto al retrato, completamente solo.

—Creo que no estaba solo —dijo Pedro—. Creo que tenía un gato.

CAPÍTULO 21

—**V**i tres estatuas de gatos junto a la cabaña —dijo Pedro—. Felicidad no era la única, así que, tal vez, siempre tuvo gatos.

—Si su gato era Felicidad —dijo Ada—, ¿qué significa la pista?

Entraron a la habitación de Tailandia y miraron el mural. El gato blanco los contemplaba.

Pedro observó los ojos desiguales del gato. ¿Qué trataba de decirles?

Las gemas verdes del collar pintado del gato parecían destellar a la luz de la tarde.

Sofía miró el collar más de cerca.

—Es muy hermoso —dijo—. Las gemas verdes están incrustadas en pequeños conos de helado. ¡Tal vez alguno de los conos de helado de la casa es un interruptor!

La tía Bernice gimió.

—Eso no ayuda —dijo—. Hay mil conos de helado verde en las paredes, los pisos y los techos de esta casa. Podríamos pasarnos años probándolos todos.

Regresaron al pasillo.

Pedro miró su plano y luego, la hilera de paneles.

—Tiene que estar por aquí —dijo.

Pedro miró a su alrededor. Frunció el ceño. Pensó. Luego pensó un poco más.

—¿Qué dijo la secretaria Clark sobre los permisos de construcción? —preguntó.

—Dijo que las últimas modificaciones que se le hicieron a la casa se realizaron en 1918 —dijo Sofía.

—Unos meses antes de que Candace y Miel Sherbert murieran —dijo Ada.

—¡Alguien hizo obras después de eso! —dijo Pedro—. ¡Miren!

Señaló el empapelado que quedaba detrás de la tía Bernice.

—Es helado, Pedro —dijo ella—. Igual que los demás.

—¡No! —dijo Pedro—. Es diferente.

El diseño era complejo, lleno de conos de helado de colores, igual que los otros paneles. Pero

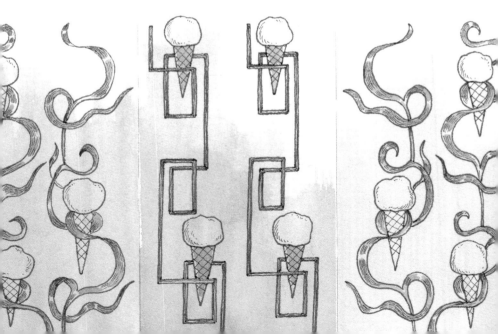

tenía ángulos rectos en vez de curvas sinuosas. Lucía elegante y moderno.

—¡Es *art déco*! —dijo el padre de Pedro.

—¡Santo cielo, es verdad! —dijo su madre.

—¿Y? —preguntó Sofía.

—El *art déco* se presentó al mundo en 1925, en París —dijo la mamá de Pedro—. No habría podido estar en un papel pintado antes de eso.

—¿Y? —preguntó Rosa.

—Entonces, este panel es más reciente que los otros —dijo Pedro—. ¡Alguien puso este empapelado después de 1925! ¡La puerta tiene que estar detrás!

—¿Hay un cono de helado verde, como el del collar del gato? —preguntó Ada.

El panel estaba repleto de diminutos conos de helado. Había de chocolate, vainilla, limón, naranja y verdes. Estaban cubiertos de chispas multicolores.

—Están por todas partes —dijo Pedro—. Esa no es la resp...

—¡Esperen! —gritó Sofía—. ¡Miren ese cono!

Señaló un cono de vainilla, cerca de la parte superior. Era diferente a los demás.

En vez de helado blanco con chispas verdes, el cono contenía un hermoso gato blanco de estilo *art déco* en cuyo collar relucía una joya verde.

—¡Ese es! —dijo Pedro—. ¡Tiene que ser ese!

Ada le entregó la llave a la tía Bernice, que la metió en el punto verde del collar del gato, con un chasquido.

—¡Es una cerradura! —dijo la tía Bernice.

Dio vuelta a la llave.

¡CHAS! ¡CLIC!

El panel se abrió.

—¡Cielos! —dijo Ada.

—Puedes decirlo de nuevo —dijo la tía Bernice.

—Cielos —dijeron los Preguntones.

El carrito de helados original de Herbert Sherbert

CAPÍTULO 22

Desde el piso hasta el techo de cristal, la habitación estaba repleta de sillas, mesas, marcos de cama, espejos, pinturas, vajillas y estatuas. Todo lo necesario para amueblar una mansión. En un rincón, había un extraño órgano con largos tubos de cobre pintado de colores brillantes. Era el carrito de helados original de Herbert Sherbert. El invento que lo había iniciado todo.

Un techo de hierro y cristal se arqueaba sobre todo el espacio. Solo faltaban algunos cristales del techo. Un montón de cajas de madera,

situadas debajo de uno de los cristales faltantes,
mostraban signos de deterioro a causa del agua.

Todos miraron a su alrededor asombrados.

—¡Mira, tía Bernice! —dijo Ada.

Sobre una pequeña mesa había una nota es-
crita a mano.

Bienvenido, amigo mío.

Al fin estás aquí. ¿Tuviste ayuda? Todos tenemos ayuda, si nos va bien. Yo fui un hombre con mucha suerte. Mi vida estuvo llena de amor.

Cuando mis amores partieron, me cerré al mundo. No lo quería aquí, derritiendo mis recuerdos como un helado al sol. Tal vez fui insensato. El tiempo no se detiene porque lo deseemos.

No sé cuándo llegaste, pero si encontraste esta nota, es hora de que la casa tenga una nueva vida. Alguna vez, en esta casa resonaron las risas y la alegría. Espero que eso vuelva a suceder para ti. Aunque la casa ha estado en silencio por muchos años, el amor que habitó entre estas paredes permanece.

Nunca lo olvides: ¡la felicidad es la llave de todo!

Bienvenido a casa.

Herbert Pierre Glace Sherbert

Miauuuuuu

La gata fantasma

CAPÍTULO 23

La tía Bernice se secó una lágrima del ojo.

—Tuve mucha ayuda —dijo, mirando a Pedro, Ada, Rosa y Sofía—. Y tengo una idea. Sé cómo volver a llenar de risas este lugar como quería Herbert Sherbert.

—¿Entonces, se quedará con la mansión? —preguntó la señorita Weatherbee.

La tía Bernice asintió.

—No la culpo —dijo la señorita Weatherbee—. Es *casi* tan magnífica como diez edificios de apartamentos perfectamente cuadrados. ¡Y me alegra que no haya fantasmas!

De pronto, un rumor grave se alzó desde el órgano. Una sonora nota surgió de los tubos, luego otra y otra. Las teclas del órgano subían y bajaban solas.

La señorita Weatherbee dio un salto de un pie de altura.

—¡Ayyy! —gritó.

La tía Bernice y los padres de Pedro fruncieron el ceño.

—¿Pedro? —dijo su padre, repiqueteando en el suelo con el pie.

—¡No soy yo! —dijo Pedro.

—¡Tampoco nosotras! —dijeron Ada y Rosa.

—Entonces, ¿quién es? —preguntó la tía Bernice.

—¡Es el fantasma! —dijo la señorita Weatherbee—. Disfrute su mansión, señora Magnífica. ¡Adiós!

La señorita Weatherbee se marchó corriendo de la habitación, bajó las escaleras y salió por la puerta principal de la Mansión Misteriosa. Un momento después, los Preguntones oyeron el chirrido de las llantas sobre el sendero cuando ella se alejó a toda velocidad.

Se miraron entre sí con los ojos muy abiertos.

El órgano toco más rápido y más fuerte. Entonces, de pronto, se detuvo. Se hizo el silencio. Luego, algo sonó detrás del órgano. Pedro tragó saliva y dio un paso al frente.

Se acercó más. Y más. Y...

Se lanzó detrás del órgano.

¡CRAC! ¡PUM! ¡MIAUUUUUU!

Un aullido desgarrador, como el alarido de una mujer, llenó el aire.

Todos ahogaron un grito. Entonces, de repente, Pedro Perfecto salió, cargando una gata blanca con ojos de diferente color. Lo seguía un desfile de gaticos.

—¡Les presento a la gata fantasma! —dijo—. Y a su familia.

—Debe entrar y salir por aquella ventana sin vidrio —dijo Rosa.

—Tendré que arreglarla —dijo la tía Bernice—. Y cambiar el techo. Y el cableado eléctrico. Y reparar la ventana de la cocina y...

Esta vez, la tía Bernice sonrió mientras enumeraba las reparaciones que la Mansión Misteriosa necesitaba.

—¡Y también tendré que comprar comida para gatos! —dijo—. Me pregunto qué comen una gata fantasma y sus gaticos.

CAPÍTULO 24

¡Están todos invitados!

Nuevo Festival de la Miel de Río Azul

¡Día de campo en el jardín!

¡Helado y baile para todos!

Pedro perfecto estaba de pie junto a la tía Bernice en el porche de la Mansión Misteriosa. Unas semanas antes, la casa había estado vacía. Ahora, todo Río Azul estaba ahí, haciendo un pícnic en el jardín. La música y la risa inundaban el aire.

Pedro contempló el mural de la fiesta de cumpleaños de Miel Sherbert que estaba en el gran salón. Volvió a mirar hacia el patio. Era como si la historia se repitiera.

Le sonrió a la tía Bernice.

—Creo que a Herbert y Candace Sherbert les habría gustado esto —dijo.

—Yo también lo creo —dijo la tía Bernice.

Asintió, mirando el retrato de Herbert y Candace Sherbert.

Pedro parpadeó y volvió a mirar. Algo pequeño, pero importante, había cambiado; pero ¿qué era?

Herbert estaba al lado de su esposa, Candace, quien sujetaba un ramo de jazmines y a su gato blanco.

Pedro se quedó mirando un momento, tratando de averiguar qué había cambiado. Por fin lo supo. Eran sus ojos.

La tristeza de sus ojos había desaparecido. En su lugar, había alegría.

—¿Cómo...? —dijo Pedro.

—No lo sé —dijo la tía Bernice.

En ese momento, Ada, Rosa y Sofía entraron corriendo al gran salón. Abrazaron a la tía Bernice y rieron.

—¡Bienvenida a casa! —dijeron.

—Gracias —dijo la tía Bernice, abrazándolos—. Gracias a todos.

Los Preguntones salieron corriendo de la casa y se unieron a la fiesta en el jardín. Las hermanas McCallister estaban empezando a tocar algunas melodías favoritas de todos.

La tía Bernice siguió a los niños hasta el umbral. Se detuvo un instante y, una vez más, miró el retrato.

—Gracias —susurró.

Sonrió, mientras, una leve brisa comenzó a soplar, llevando consigo un tenue y dulce aroma de jazmines.

ODA A UN
ARQUITECTO

Arquitecto, arquitecto, ¿qué es lo que ves?
Veo un espacio y pienso en lo que puede ser.

Arquitecto, arquitecto, ¿qué es lo que haces?
Tomo una idea y la hago realidad.

ART NOUVEAU
Y ART DÉCO

Los estilos arquitectónicos se desarrollan por muchas razones. Los nuevos materiales y herramientas les permiten a los arquitectos explorar tamaños y formas para sus estructuras. La política, los acontecimientos históricos y las artes influyen en la manera en que las personas piensan sobre sí mismas y acerca de los edificios que construyen. A veces, la gente simplemente quiere algo distinto. Emergen nuevos estilos.

En Europa y América, los arquitectos comenzaron el siglo XIX (1800-1900) buscando inspiración en la antigua Grecia y Roma. A mediados de ese siglo, hubo un auge de nuevas máquinas e inventos que empleaban poderosas fuentes de energía como el vapor y el carbón. Esto condujo a la producción del hierro fundido, y de tipos de acero y vidrio más fuertes. En consecuencia, los edificios se volvieron cada vez más altos. El vidrio y el metal se utilizaron como adornos.

Art nouveau significa "arte nuevo" en francés. En vez de remontarse a los estilos formales de la arquitectura griega y romana, las formas y diseños del *art nouveau* se inspiraban en la naturaleza. Utilizaba marcos curvos de hierro rellenos de cristal. Muchas imágenes se basaban en hojas y flores. Este estilo se empleó en diseños de muebles, carteles, libros, lámparas de cristal, joyería y muchos otros objetos. Fue muy popular entre 1890 y 1920, aproximadamente.

El *art déco* fue un estilo que se hizo famoso en 1925 gracias a una exposición internacional de artes decorativas e industriales modernas realizada en París. En ese tiempo, los rascacielos estaban en su apogeo en Estados Unidos. El estilo *art déco* miraba hacia el futuro, con pulcras líneas rectas y formas geométricas. Era simple y elegante. Uno de los ejemplos más famosos de arquitectura *art déco* es el edificio Chrysler, construido en Nueva York en 1928. El *art déco* se podía ver en muebles, murales, joyería, telas y estatuas.

GATOS RAROS, MARAVILLOSOS Y MARAVILLOSAMENTE RAROS

Por la Dra. Penélope H. Dee

Los gatos son raros. Te miran fijamente cuando duermes. Persiguen su propia cola. Ronronean cuando los acaricias. Cuando están adentro, actúan como si quisieran salir y, cuando están afuera, como si quisieran entrar. También son maravillosos y los hay de muchas razas distintas.

Los *khao manee* son una raza de gato poco común que se originó en Tailandia hace cientos de años. Eran propiedad de la realeza y a veces son llamados gatos ojo de diamante. Los gatos *khao manee* tienen un pelaje blanco, suave y corto. Pueden tener ojos dorados o azules. ¡A veces tienen uno de cada color! A esto se le llama *ojos desiguales*.

Esto es lo que sucede: el pigmento es un material que absorbe luz y cambia el color de la luz que refleja. La melanina es un tipo de pigmento que se encuentra en tejidos animales. El color de la piel o de los ojos de un animal depende de la cantidad de melanina que posea. El iris es la parte del ojo que tiene color. Si uno de los ojos de un gato no tiene melanina, será azul claro. Si el otro tiene melanina, será más oscuro. Los ojos con melanina pueden ser dorados, cafés o verdes. Esta peculiaridad de tener ojos de diferente color se llama heterocromía. La heterocromía suele ser genética, lo cual significa que pasa de un gato a sus crías. Cada cría de un gato de ojos desiguales tiene una probabilidad de un cincuenta por ciento de heredar ese rasgo genético.

CÓMO HACER HELADO

¿Alguna vez has oído a alguien decir: "Muero por un helado"?

Bueno, pues se equivocan. No hay necesidad de morirse por un helado: puedes hacerlo tú mismo. Es muy fácil.

Esto es lo que necesitas:

- 1 bolsa resellable pequeña (1 pinta)
- 1 bolsa resellable grande (1 galón)
- 1 taza de crema (*half and half*) o media taza de leche entera y media taza de crema espesa
- 2 cucharadas de azúcar
- $1/2$ cucharadita de extracto de vainilla
- 4 tazas de cubos de hielo
- $1/2$ taza de sal *kosher*
- Música para bailar

Instrucciones:

1. Vierte el azúcar, la vainilla y la crema en la bolsa pequeña.

2. Séllala.

3. Llena la bolsa grande hasta la mitad con cubos de hielo.

4. Añade la sal a los cubos de hielo.

5. Pon la bolsa pequeña dentro de la grande.

6. Sella la bolsa grande.

7. Baila de cinco a diez minutos mientras agitas la bolsa grande. También puedes cantar, pero eso no acelerará el congelamiento. De todos modos, es divertido.

8. De cuando en cuando, aprieta las bolsas para ver si la mezcla tiene la textura que te gusta. Cuando la haya alcanzado, simplemente abre

la bolsa grande y saca la pequeña. Puedes añadirle frutas, chispas o lo que quieras a tu helado.

¡Felicidades, hiciste helado! Tal vez te vuelvas un famoso heladero como Herbert Sherbert, el inventor del helado verde espinoso. ¿Qué nombre le pondrás a tu sabor?

¿QUÉ PASÓ AHÍ?

¡La historia del helado es sobre agua que se congela! Cada molécula de agua tiene un átomo de oxígeno y dos átomos de hidrógeno (H_2O). Estos tres átomos tienen enlaces débiles que se deshacen y rehacen constantemente. Pero cuando la temperatura baja a cero grados Celsius (treinta y dos grados Fahrenheit), los enlaces se fortalecen y las moléculas de agua se acomodan, resultando en una forma de seis lados llamada estructura reticular. Esta estructura es la base de un cristal de hielo. Tal vez hayas visto cristales de hielo en una ventana en invierno.

La crema que pusiste en la bolsa pequeña contiene unos cuantos elementos: agua, glóbulos de grasa de leche, proteínas de leche y azúcar. Para convertir esa mezcla en helado, el agua debe formar cristales de hielo. El problema es que los glóbulos de grasa y otras partes de la mezcla impiden que los cristales de hielo se formen a cero grados Celsius. La mezcla debe estar mucho más fría para que esto suceda.

¿Cómo se puede conseguir eso? Aquí es donde entra la sal. La sal disminuye la temperatura a la cual se forman los cristales. Cuando se añade al hielo, lo derrite y absorbe el calor de todo lo que entre en contacto con él. En este caso, el hielo está tocando la bolsa de plástico con la mezcla de crema. El calor de la mezcla se transfiere al hielo que se derrite y la temperatura de esta baja, baja y baja. Con el tiempo, las moléculas de agua de la mezcla se derriten y forman cristales. ¡AHÍ es cuando se convierte en helado!

El tamaño de los cristales de hielo afecta la cremosidad y suavidad del helado. Mientras más pequeños, más cremoso el helado. Apretar la bolsa y saltar ayuda a que los cristales sean pequeños.

Hacer helado es una ciencia y un arte. ¡Diviértete creando tus propias recetas y métodos para el helado perfecto!

¿QUIÉN FUE IDA B. WELLS?

Frente a la Alcaldía de Río Azul, se alza la estatua de una mujer muy valiente. Sujeta una bandera con una sola palabra: *justicia*. Es una estatua de Ida B. Wells.

Ida Bell Wells fue una periodista estadounidense. Fue una campeona de la causa afroamericana y abogó por el derecho de todas las mujeres a votar. El derecho a votar en las elecciones se llama *sufragio*. Quienes lucharon para que las mujeres tuvieran este derecho se llamaron *sufragistas* o, a veces, en inglés, *suffragettes*.

Ida nació siendo esclava, en Mississippi, el 16 de julio de 1862, durante la guerra de Secesión. Cuatro meses después, la Proclamación de Emancipación liberó a los esclavos en los Estados

Confederados. La madre de Ida, que era cocinera, y su padre, carpintero, trabajaron para, a través de la Universidad Rust, proporcionarles educación a las personas negras liberadas.

Cuando Ida tenía dieciséis años, sus padres y su hermano menor murieron de fiebre amarilla. Ida quería mantener unidos a sus hermanos restantes, por lo que se vistió como si tuviera dieciocho años y consiguió empleo de maestra. Con el tiempo, se llevó a su familia a Memphis, Tennessee, donde siguió enseñando. También se convirtió en periodista y fue propietaria de un periódico de Memphis llamado *Free Speech and Headlight* [Libertad de expresión y faro].

Ida reportaba acerca de la violencia que ejercían las turbas blancas contra los afroamericanos en el sur. También escribió sobre las injusticias sociales, fundamentalmente en el ámbito de la educación, donde los estudiantes blancos tenían mejores escuelas que los negros. A algunas personas no les gustaban sus escritos, por lo que perdió su empleo de maestra. En 1892, una turba blanca enfurecida destruyó las oficinas de su periódico y la amenazó de muerte. Salió de Tennessee y terminó en Chicago, Illinois. Ahí se casó con un hombre llamado Frederick Barnett y tuvo cuatro hijos. Nunca dejó de escribir sobre los problemas que veía.

Pasó toda su vida luchando contra la injusticia y por los derechos de los afroamericanos y de todas las personas. Como sufragista, trabajó por el derecho de las mujeres al voto e hizo campañas contra el racismo, que existía incluso dentro del movimiento sufragista. Las mujeres estadounidenses adquirieron el derecho al voto el 26 de agosto de 1920 con la ratificación de la Decimonovena Enmienda a la Constitución de los Estados Unidos. Ida pasó el resto de su vida trabajando por la justicia y la verdad.

Ida B. Wells murió el 2 de marzo de 1931. A lo largo de su vida, ayudó a mucha gente de numerosas maneras. Lo hizo difundiendo la verdad, incluso cuando otras personas no querían oírla. Como dijo Ida una vez: "La manera de corregir los errores es iluminarlos con la luz de la verdad".